A la memoria de Ted Murray quien nunca envejeció. J.W.

Editor de Océano Travesía: Daniel Goldin Halfon

PERRO VIEJO

Título original: OLD DOG
Tradujo Mercedes Guhl de la edición original en inglés de Andersen Press, Londres

© 2008, Jeanne Willis
© 2008, Tony Ross

Publicado según acuerdo con Andersen Press, Londres

D.R. ©, 2008 Editorial Océano S.L.
    Milanesat 21-23, Edificio Océano
    08017 Barcelona, España. Tel. 93 280 20 20
    www.oceano.com

D.R. ©, 2008 Editorial Océano de México, S.A. de C.V.
    Blvd. Manuel Ávila Camacho 76, 10° piso
    Col. Lomas de Chapultepec, Del. Miguel Hidalgo,
    Código Postal 11000, México, D.F. Tel. (55) 9178 5100
    www.oceano.com.mx

PRIMERA EDICIÓN

ISBN: 978-84-494-3886-8 (Océano España)
ISBN: 978-607-400-014-6 (Océano México)

IMPRESO EN SINGAPORE/ PRINTED IN SINGAPORE

Jeanne Willis y Tony Ross

PERRO VIEJO

OCEANO travesía

—¡No queremos visitar al abuelo!
—se quejaron los cachorros.

—Es taaaan aburrido,
no hace más que hablar
de los viejos tiempos.

—Y se rasca todo el tiempo.
—Y tiene un aliento feroz —lloriquearon.
—Y hace mucho ruido al comer.

—Pero si el abuelo es muy cariñoso —dijo su madre.
—¡Muy apestoso! ¡Nos da miedo! —gruñeron los cachorros.

—Ya saben que perro que ladra no muerde
—dijo también.

—¡Claro que no muerde! ¡Ya no tiene dientes!
—aullaron los cachorros riendo.

A pesar de todo, los cachorros no tuvieron
más remedio que visitar al abuelo.
Él estaba encantado de verlos.

—En mis viejos tiempos… —empezó.
—Ahí va de nuevo —bostezaron los cachorros.
—Cuando yo era joven… —dijo el abuelo.

Pero nadie quería oír sus historias.

Los cachorros jugaron entre ellos,
juegos nuevos que el abuelo no conocía.
—¡Así no se juega! —lo regañaban.

—El abuelo se quedó en el pasado —decían—.
Vive en sus recuerdos, y ya sabemos que al perro
viejo no hay quien le enseñe trucos nuevos.

—No siempre fui un perro viejo —gruñó—.
Tuve mis momentos de gloria.

Pero los cachorros no le creyeron.

El abuelo se metió en la casa.

—Seguro fue a dormir una siesta
—dijeron—, a descansar
sus viejos huesos.

Poco después, el abuelo los llamó adentro.

Llevaba puesto un cuello de volantes,
un sombrero de payaso,
y un chaleco de colorines.

—Al abuelo se le zafó un tornillo —
chillaron—. ¡Está chiflado!
Serán los años. Llegó la hora
de mandarlo a un asilo.

—Ya sé lo que están pensando —gruñó el abuelo—. No nací ayer. A ver, denme esa pelota. Tráiganme esa bicicleta.

—¡Atrás! —dijo—. Miren lo que voy a hacer, jovencitos irreverentes. A lo mejor aprenden algo.

El abuelo balanceó la pelota en la punta de la nariz.

Se subió a la cerca en bicicleta, haciendo una pirueta, para después recorrerla a toda velocidad...

haciendo malabares
con huevos...
en una sola pata...

con los ojos vendados...
y silbando a la vez.

Era un truco viejo, pero funcionó.

—¡Guau-requeteguau! —exclamaron
los cachorros—.

¿Dónde aprendiste a hacer todo eso, abuelo?

—En mis viejos tiempos, cuando era joven, me fui con un circo… —comenzó.

Y esta vez lo dejaron seguir su historia.

Más bien, a duras penas le permitían recuperar el aliento.

—¡Cuéntanos otra vez, abuelo! —le pedían—.
¿Nos podemos quedar más?
¿Nos vas a enseñar todos esos trucos?

Y el abuelo amablemente aceptó…

—¡Vamos, abuelo! —gritaron
los cachorros entusiasmados.

—¿Lo ven?
—dijo el abuelo—.

A pesar de estar viejo

¡aún puedo llegar lejos!